時間畢竟

嚴忠政 著

目次

I 不在晴天練習

II 鋼琴手

III 時間坐在我的位子

IV 動物失眠

V 金庸讀本

VI 後來的努力

I

不在晴天練習

你在黑夜尋找影子的燃點。總是在陰天練習……

一杯水放著也就冰涼，一張臉成為一張臉的裂縫。

我相信，不同的軟弱，決定不同的靈魂。

出走

一條魚和底棲類的我們
同樣都會吃掉另外一條魚

一座森林如果有標題
你會選擇迷藏還是亞杉。
在逃亡的路上

落地的聲音
月光是最後的銀器
當我們空乏其身

小鹿是最後一封信
斑斑點點，寫的都是隱喻

或許霜降了，柿子才甜美
沒有表情了，自由才開始自由

一座湖如果寂寞了
那是兩個人的錯
兩個人都錯了
背景音樂就讓它響著

半衰期

如果選擇是一百種骰子
你要花豹還是繁星
我相信命運就是這樣了
認真裝一次鬼臉結果並無不同
在一條河的寬度
你要泛濫什麼

一杯水放著也就冰涼
一張臉成為一張臉的裂縫

舊傷像一個蜂巢
可笑但可以分享的是
其中都是花蜜

感謝蛋白質讓我向前
感謝一些光從側面
如罌粟，如夢衰變

至於恩怨情仇和其他
那些影子都是
從黑暗裡逃出來的
另外一種黑暗

給孩子馬口鐵和其它

送給你，你喜歡的
鄂圖曼果仁蜜餅。更想送給你
看懂自由
鐵和鋁，唇和人際關係

很多天橋，
只為了跨過積水。
說書人，
沒有說出自己的故事。

這世界和別的其它
雖然有悲傷難抑
你可以用手觸摸神的痛覺
那些被稱作信仰的

你的球鞋會喜歡你的球場
靜謐的湖泊有各種魚群
窗的態度，
像知識分子。

你也知道倫理的重要
星辰的系統關係
愛和萬有引力
有了看不見的東西

Being

似曾領悟陽光
關於它保管的一些形狀
樹影指認簷角
山脊線指認時間
而我們在不是很長的時間裡
保管甚麼。一隻壁虎向我走來
走到鑰匙旁邊
我能再次看見父親
喜歡將魚骨排放整齊
心存感激的一餐

他說。「微光有正義、
天氣不好，我們可以再想想」

老舊的玻璃很謙虛
看不見也是一種造詣
陽光來了，又走了
一隻橙腹樹蛙色澤還在
時間與愛總是站在一塊

離散

時光一路向西
門拆成了不同的背影

我叫喊大海
它破碎為浪花

不在晴天練習

那不像是一個早晨
沒有瑪格麗特滿足你的陽台
霧霾剪走你的衣角
小麥色是一張紙：一個農場
很薄的地表。沒有早安
黎明的雛形不因為觸碰
從來都是碎裂
你的傷痛與悲憫俱在

你是一只精湛的鑄鐵壺

重重押注自己的工藝
別無所有。室內有一百個窗
不同的遠方
不像是一個希望的開始
——他修讀音樂史
琴鍵粗糙的樣子像水泥
他喜歡拆除琴鍵
風鈴擊破窗景，暴雨朝上
那些淩亂無序的風向
有爪，同樣不能穩住時光

你在黑夜尋找影子的燃點
在孤獨中，看清楚
更碩大的孤獨是霧一樣的獸

他也用文字行走
看似無所恐懼，像你
然而那是不同的。
不同的軟弱
決定不同的靈魂

每天都回到現場

灰燼又重新堆積
死亡不是最壞的念頭

你重複朗讀
隔壁窗戶掉在這個房間
地上都是不潔的影子
一些碎玻璃和甜品
月亮也努力成為跡證

你把邊邊角角排放整齊

窗戶和窗戶就地疊高
外面的祝福
看似危險動作

這一切要像
死去的人又回到同樣位置
配合演出
就能再死一次

你若問她
一艘船的離去更像幻肢
有一天；比起從前從前
確定艱難許多

這月光與都蘭海
有一部分溶解。今夜所見
成為最亮的海平面
像不能指定的一個瞬間
幸福、微量爆裂物
像詩那樣的物種
要徹底死透
才又明明白白

月亮明白

又借來一次中秋
此前的嘆息已經是乾燥物
圓滿是目前可行的
最大容器

那些我長久積欠的
應該有什麼意義
關於無法辨識的寄件者、
我們活著。關於種種失眠

比如一次又一次退潮
海灘有漂流木
成為最悲傷的一根鎖骨

小丑

地平線一直在那裡
像巨大的琴弓
壓抑更低沉的黑暗

夕陽敲打廢墟
在一個人的音樂裡
母親死了
鏡子也死了
城市麵包店的現在有新的溫度
只有我沒有。我沒有等到

最後幾個麵包有更深的隱喻
不是價格，貧窮——我的眼睛
耳朵和種種絕望都是失敗的
「我經常放聲大笑，但不代表
我的心情。」
有時懷疑
槍是我的器官
像肺一樣

我不是為了燃燒而來
我體內也有植物的根和你一樣
只是拔出來
你是一束花
我是菸蒂。

在這個城市
潮濕、邪惡和謊言都被慶祝
而我的把戲只為死亡
留下一點噪音

一個安靜的人

四月都是善意的
妳給他霧，一天好幾次
桐花的傻雨的輕薄
他都是他。也像病後小旅行
看起來多肉的沙棘、冬青或其它
仙人掌科植物，抗死，抗風沙

他不喜歡說話的樣子，像一座橋
「兩岸的我都死過一次」
他有能力摺疊天空

世界的誤解把他讀成虛構

最不透明的，是石頭
最透明的也是石頭；安靜的人
聲音藏在眼睛裡。
很醜的鬼頭刀，美味的鹽
形狀不是為了放置一種顏色
一次梳洗有三百種細節
不說愛妳，也就沒有謊言
有一天，不能被敘述的
終將更大規模

和見面有關的練習

學習見面
在沒有更多的一生
爐石的形狀
像所有努力的事件
終於被火確認

我想學祂
死亡之後還有生活能力
一些簡單的勞動
助人，拿起鋤頭向那貧瘠

不出門的早晨
就拜訪自己
看石頭
如何進入另外一顆石頭
透光，如蜜

看人善惡隱蔽
不透過表情翻譯
像月光
質疑自己的亮度和過去
從此，形神默默
有聲便是回答喊痛的你

畢竟

畢竟想了很久的困境
失去傷口的膚色在皮下
成為新的物種——
有待釐清的節肢
和一些詞義。比如熱情
低溫宅配的習慣

郵差沒有等到自己的信
像他書寫的許多詩
大海寫過了，也就過了

他說，風有真相
一個酒杯要習慣各種水平
邊界有愛情非法入境
雲不能阻止另外一朵雲
人間住址就只是人間
畢竟。時間畢竟

畢竟結局不若以往
他看一個故事看到受傷
無可轉圜的
時間讓一個人孤單
於是喜歡死亡的最短暫
而其他，名字都太長

II

鋼琴手

詩歌與愛情都是我們的第八十九鍵，

酒瓶、歌單，歌詞已經走遠。

但日光還是要對老樹說：我們不見不散。

瓦爾帕萊索

——「愛情很短，而遺忘太長」（聶魯達）

時間的基因
可能是被你染色的
我的琴房
有一種瓦爾帕萊索的調性
折磨如此明晰
卻像白銀的刮痕不被看見

名存實亡的前男友

酒瓶、歌單，歌詞已經走遠
最深情的藍色
存在於最痛的地方

不太具體的悲傷星羅棋布
說不上來的。因為說不上來
沒有相同顏色的房子
這是我們的必然

再也沒有困難的事了
如果不談遺忘

冰塊是鍵盤

「如果沒有人看見冰塊在杯子溶化，
冰塊存在過嗎？」——已故的自己，問我。

開始去記一些事
沒有記住的，可能是
一個被房間破壞的地形
很勉強的微笑，畸零地
行色匆匆的愛情
不太自然的固體
肥胖之類的，多餘或者
椅子在很短的時間效忠肉體
不然應該有微言大義
在差不多的時間裡發出聲響

在我的書房，河谷的麥芽睡了
冰塊沒有吵醒高腳杯
我記得，我們一起享用司康
談高貴的人和粗糙的香氣
談父親，勇氣——
漂浮的冰塊繼續漂浮
最後才排列為音樂

我也知道，若無其事的痛苦
像一個半透明的影子
在一個，僅供跌倒一次的時間裡
沒有跌倒
這或許是更壞

例外

小雨沒有例外
愛情來的時候都是鋼琴巫師
數字沒有例外
也成為喜歡求偶的動物

一萬年都是這麼過的

偏偏
我們的認識是一個意外
被牛郎織女說成抄襲
也要努力成為更好的鬼

我是草木我是鋼鐵我是煤煙
就今天例外

鋼琴手

陽光和冰塊都是我的琴鍵
今天的雲局部上色
局部保持聽覺癱軟

我們如約抵達，格律聊備
一百個日子有一百個迴廊
這就是我們的旋律
值得妳透視的腦蓋
那裡是樑柱，那裡是弦音
妳是我的起居或者不梳洗

我彈奏妳，靜靜地
彈奏水面月光
就如同再鑄造一個鉛字
然後再為妳絕版一次

三十年了，我們都死過一次
下一個音準
像日光對老樹說：
我們不見不散

一致的

我要找一個誠實的聲音
它在月光的背面
它在荒野
炊煙的秩序被忽略

它有一座山的刀工、
雲的榮譽。也存在於其它
但我們尋找
就在窮途
就在一個句點長出鬃毛

這是它的旅行罐頭
馬口鐵。一種保存方式
其實我們都看過

愛啊，有時猜測
有時疲憊

這樣好

我都是這樣處理音樂的
海洋在G大調，火車快跑
放一顆咖啡豆在白紙上
說是影印的月亮

我不對著一個地方鬼叫
我有身體。我記得一些歌詞
以及和她有關的長笛

要流過血

才是我的鞋子

生活就是節奏就是他們
所以我尊敬我
所以屋瓦的體質
有晚安的強大

那些可以的

海天可以很藍，是因為
藍色是太陽的背影

如果告白和夏天一樣太熱
時鐘可以選擇白色的
有積雪的樣子
然後再想像有可愛的狐狸
從雪地裡竄了出來
逆時鐘敘述你們有多麼的愛

狐狸每跳過一次秒針
秒針就會長出更多枝葉
於是過去種種因為分歧
成為了一棵大樹
有故事那種

兩個人背靠背的影子
變成果核。在樹下
天還是很藍

六角螺帽

不知道她如何
且愛且走
自己消化出一條路

星期六晴天她下雨
她不懂文字，她懂音樂
機械是最規律的古典
像一個全音符
她有無法逃逸的矢量
為精密，為一次短程旅行

為鐵礦凝固一個鐵礦
為最初的噪音充實為故事
為身體與謊言，為誠實

今夜，她外套微涼
且走且愛
月亮也是必要零件

有一些情況

我只是有手
有拿一些東西想放
你只是走在路上
太陽只是圓形的燃燒體

我想和她發展
短暫的死亡

有人活在其他人的
談話、房舍，或銀行

終其一生
塗改斑馬的線條
以為可以的
以為，煙火成功施放

一些憤怒想節制
一些應該離去的人
方向剛好相反

瑪格麗特

太陽從孩子的方向來
人們在繪本裡交談
小小的開心
這就是瑪格麗特
最嚴謹的一種綻放
就像那些
關於文字的都是花季
關於瑪格麗特的都是
室外的美德

又像愛，花期長又好看
小小的開心，小小的期待
努力在對的位置
不用有太多猜想
就有了根據
根據蝴蝶就是氣象
根據土地就是一家人
根據昨天，幸福比紀念日來得早
根據澆花就有了花園
滿滿的花球
都說明天的唇形是你

回信

一個誠實的人就會遇見
另外一個
喜歡鋼琴的低音、
堅持有憤怒。雖然現在像麋鹿
在州際公路
一個人憂憂的傷

你喜歡壯實的炊煙
也知道某些謙虛帶有敵意
比如意象是斜口袋

亮刀是黎明
那斯文的皮革
比鬼更接近地獄
雖然博學好禮。而我們
只認識幾個字
咬字乾脆，不見螞蟻
像不具名的顏色
在自己的風景裡
感謝一朵雲

愛都是第二人稱

看你畫畫寫字
寫山林的筋肉
雲從海上來，墨水開心
那時，胸前稻子熟垂
滿頭黑髮像太平盛世
有關幸福實驗
他談論化學，你用月光的劑量
半盎司的遲疑讓羞愧更美
讓我們找一個新的地方養雞

一改昨日
我們對啄食的無能為力
這可能是感官上的一個生詞
過去的富裕
是百分之九十的生命以訛傳訛

往後餘生
一天有五十分鐘用在晾衣服
老的時候，有百香果皺皺的香氣
愛都是第二人稱
寫詩成為我們的問候語

III 時間坐在我的位子

夏天在藍色牆面緩慢了下來，

有一個角落可以接待憂傷。

如果這樣，影子也就不會更黑了。

小屋

他的走動
連夜有雨
之後，一些與他同在的狀聲詞
已經好久捨棄不用

他碰觸的門縫，
已經成為海岸線。
不亮的燈具，
是你要的小酒館。

一個人的小屋開闊
擦身而過的，就只是擦身而過
一滴很節制的淚水
堅實為門板上的圖釘

沒有他的小屋
時間與風扇葉片保持轉動
夏天在藍色牆面緩慢了下來
這不是命運的決定

青銅錶

把時間作舊
去見一個誠懇的人

他的手杖指向現在
呼吸和喜悅，同樣勻稱
接受燦爛也接受損耗
對斑駁的東西表示信任
——畢竟步行和跌倒
都確實發生

指針轉動，也像一把鑰匙
那些構成房間的
都有一個角落可以接待憂傷
而銅鏽，一如百草
一個鬱鬱的中年在那裡
找到解藥

微解封

根據戰情和幾個角落
他們已經開始微笑
慶祝薛丁格的貓好好的
可愛的靈魂總是
在蘋果掉下來的地方接住蘋果
就這麼簡單。不多話
不涉及物理和政治
持續祈禱，日日晚安
和昨天的悲傷保持距離

於是抱枕蛻變，開始飛
像昆蟲學會幽默
而他們又學會下一步

影子不會更黑了
能將悲劇演好
有一天，也會有喜劇

船副記得微笑

大海很大
時間是你的技巧
關於遠洋的船、寂寞或
偏向邪惡的寧靜
一開始都需要技巧

最初是一滴藍莓汁
為海補充說明的樣子
像也不像孤獨。你喜歡船錨
很快就把握了星河流轉

你們手拉手，像在四季之間
有了別針。我以為
神也需要技巧
而你有自己的對話
微物都記得對你微笑
幸運如此迫切
你從來不少

譬如一張紙睡眠充足
浪濤來寫千言萬句
而我欣見晚安
一個短句型。恰如
一艘船

領略

這裡的海放棄了演技
很自然的
時間站在我的位置

經過了幾個人
有的好像領略了
一開口就說了幾句話
也有人和我同樣
相信大海是一種文類
而藍色恰如其分的

有了段落。在我們平靜的時候
妳和我還要改寫什麼

陽光在字面發生歧義
海濤有它的讀音，至於
我們的愛就在流動的現在

時間坐在我的位子

我也是
妳地圖裡陌生的細胞
為了尋找遺失物
我們走向大海
難得空曠的眼神終於誠實

那些可見的海浪
隱約是神的鱗片靠近
或者有了人的唇形
反覆告訴我

「傷痛其實沒有消失
只是變成一種摺痕
在今天的海面」

高鐵出口的兩個人

你熟悉高鐵每一站的出口
沒有選項的手扶梯
把一個人的孤單左轉
因為他來了
為了幸福可以重蹈覆轍
你們需要這樣的速度
至少不能
比悲傷還慢

合理的車站會有幾種人

聽歌的人把自己寫進歌詞
黑眼圈是時鐘的影子
北上有走錯月台的人
煙燻妝可能是默寫甚麼
只有你們
是在同一個夢裡走散

我理解
這些與我相似的耳朵
和留在原地的影子
在不同的高鐵站
面交不為人知的故事

心電圖

肉還活著的時候
有煩惱
有彈性可妥協的會議
草會長高
蟲不會吃你
世界很寬
想念很窄

但最大的意義是
回頭

誰在叫你

你在時間的支流
成為水面
成為波光

鋼鐵人

看雪茄燃燒多好
看小辣椒和湖邊小屋多好
斧頭的木柄開出小花
唇的形狀靜謐
盾牌剝落一層月光
銀河緩慢流動
曾經。他是最亮的鱗片

他喜歡魚的自由
卻買了魚缸。怎麼可能

故事無非一個結局
英雄先和雨衣相擁而泣
回頭已是鋼鐵戰衣

他是目擊者
他舉發一個紀念日
只是想告訴你，我來了
像死亡一樣
像愛一樣

鬼的重要

身體成為廢棄的站牌
有這麼一天
等待的人都離開
我希望有鬼是好的
有鬼就能再見
冷不防切入慢車道
草皮有你髮蠟的味道
我們又如常抵達
你正直的方向

有鬼是好的。有一天
可以明明白白
明白誰是壞人
明白淚水是雲的種子
明白所有詞條都是漂木
而且有愛
怎麼可以到此結束

有鬼是好的。不用嚇人
一切暴力就變得婉轉
那些教你痛的人
你是會站立的空氣

向死亡取悅

人都會死的
問題是如何面對你的海洋
活著，是向死亡取悅

你要一直寫
一直快樂
保持角動量
寫在前面的悲傷
後面

用藍色的規格
去看昨天的泳姿
今天人在荒島
也不算太壞

此刻你和刀子睡在一起
憂鬱的時候
你的影子比刀銳利

那又如何
我也用不流暢的中文書寫死亡
有時快樂
有時大病一場又開始
不明的想念

安靜縱橫

水聲漸遠
那目次，天河滴落的文字
昔日或更久之前
諸神賴以縱橫的敏銳

星團在遠方靜靜激烈
為何寫作：如騎士征向
或及於一切
愛與時間的溶解之物
無例外的貴族；那些字

傾角，舊城，現實的辯證
因抽象才又拉近的海
浪濤此刻剛出發

如是凝觀。如你真確猜想
如我讀取默然
謝絕凌駕一隻翠鳥越出欄杆俯仰
或預言相反；怎麼可以
在文字之前埋葬文字
秋葉出色打擾，推擠月光

那些不安的椅子
總是推擠。而你安靜縱橫
因為是楊牧
因為更大的寂靜

IV

動物失眠

直立的影子都會背痛。你馴養時間，如貓；

我喜歡冰，養在更冷的地方。

我知道這些，一開始就讓人笑得合理。

蒙馬特的一堂寫作課

練習在玻璃窗塗抹厚厚的白
世界就開始明亮。你以為

像一次性的早晨
像小蟲在葉尖閱讀最危險的知識
忙於解題、簽字，往上爬
掌聲是耳機
沒有歌聲的天空覺得乾澀

我決意踏破月光

教你寫
在技巧之前的那些：
比如秒針的噪音藏有一些敵意
夢的系統風險、生與死的匯差
對無聲的靈魂要有一些覺察
寫沙漠不寫駱駝
先愛一個人不說出來
先在胸口鑿井才鑿出月光
智性，還學習藏住

我想告訴你三點十七分
我們相見，這和約好整點
地圖上會發生甚麼不同

猩猩可可

我感覺脊椎成為時間的杵
直立的影子都會背痛
其他的，使用語言的朋友
或是鳥獸，或是小貓圓球
是否也像 Koko 有自己的詩歌
不同的舌根所以開不同的花
懂得使用一千條手語單詞
表達今天的情緒和想法
很久以前，掘地為臼
有自己的小篆字形，懂愛

所以感覺背痛
「皺眉，哭到皺眉了」
猩猩Koko看著天空
是否想著，希望
烏雲和白雲走成一盤和棋
像我記得一個陰天的女孩
後來晴天了
草木菁華，記憶成為牧馬

狐狸的名字

你馴養時間
如貓，也像前女友

我喜歡冰
養在更冷的地方

風從側面刮傷鋼鐵
他們從正面搏擊
父親說，沒有哭過的人
都很辛苦

你為什麼不哭
如果知道會這麼老去

萬物都應該有個名字
如果於你
有過意義

動物失眠

一些次要的事
形成各自的房間
你在其間
翻身，不像是魚
比較像積水

努力調整睡姿
如書側翻
不敢吵醒另外一個字
因為這樣

睡眠又必須多一項技術

動物也會失眠嗎
約定俗成的羊走在陡坡
你比牠更痠痛
窗外都是不活躍的星星
最亮的，是自己的眼睛
你還能聽見
光線被踩斷的聲音

越接近天亮越明白
會想哭的生物
可能最需要睡眠

限定

你走入框格
給了畫題。馬
牠在
整個藝廊限定的北方

沒有歧途可選
也回不去
那飢寒熟悉的自己
你。用盡黑色顏料

被光線釘在這裡的椅子
一派寫實
只有哭的時候
沒有畫框

白鯨

玻璃與鋼鐵沒有甚麼
這箱子每天都像全新的鏡子
我做出表情
比風吹過的任何豐富

我可以自在
將每一道牆都當成空屋
這一刻，或至少有那麼一刻
憂鬱和肥皂都是噪音
沒有不潔的交談

我這麼歡樂，點頭
一開始就讓人類笑得合理

只有妳知道
歡樂是我最不誠實的地方
但白鯨必須這樣唱歌

所止

天地玄黃
那時候的太陽體質很弱
神不用具備責任感
同樣的那時候
鮪魚也不會在罐頭裡
感受一種有保鮮期的死亡

宇宙洪荒
那時候，我們才剛要認識
誰都不知道

我們現在又遼闊一次
為了往時間裡去
也為失去的海洋倒敘

日月盈昃，辰宿列張
你還是沒有回來
微塵與冰成為新的事件
愛到最後總是一個人活著
沒有周而復始的魂魅
想念最是浩瀚

無法投遞的街城

這條街是貓的
雨衣是唯一的人形
信箱也是拋棄物
被投入更大的信箱
比如傷口

這最難整理的廢墟
魚骨圖和雲朵都啃咬一半
電纜從地底下六公尺拉扯出來
像一封長信的

我想就是支氣管

不具光合作用的牆
藍的牆、綠的牆，酒瓶空轉
敲門和敲鍵盤都很陰暗
光，撞死在透明玻璃上
那室內。你想

我們裝飾的荒島

我們將三十歲說成了遠洋
說太多
航線就陌生了

太多冒險和新大陸
太多信號彈
裝飾了一個荒島
多麼削瘦的書寫呀
太尖的筆是悲傷的

帆是悲傷的
數學是悲傷的
只有交換悲傷的人
瞬息有了快樂
像是讀了你的詩
我在五點十九分靠岸
在日出前死亡
多麼壯麗呀
懂一個人也很好

詩和精神醫學

她告訴我：乾燥的葵花
需要在夜間回頭
如果沒有意外
她要將天空養大

她可以描述
一顆石頭的臉部細節

我們猜拳
我只輸過一次

因為承認，剪刀輸給圓月

她說：
世界離我太遠，
我與自己相處。

一切與幻覺有關的例句
比如繩子的總合、我讓你自由
影子終於沒有表情。
因為沒聽懂
你抵死也要離開
那一天。她有了紀念日
在偏遠的詩人節

寫給他的退稿信

大作已在端午展讀
次日，再以試管採了幾個字
這送驗的檢體
約略是倉促落淚的容積
不足三點水的漢字
也像乾燥花在劇場被安排
在有玫瑰香水的位置

本刊建議
如果太陽分飾兩角

破曉和夕陽都顯得虛假
有些紙最好靠窗就好
午前午後，你都是你
發表與宣示感情史同樣無益

神秘組織

書與卡塔葉一樣
我的讀者
最悲傷的神秘組織
與我一起耗盡漁火
也要看到隱沒的那一邊
是否存在豐饒的海平面
像北極熊不覺得冷
書生不以為女鬼是禁忌
或者應該和那些
不能說清楚的東西保持距離

他們在煙煤旁邊布滿石灰
享受小範圍的文字
也發現灼膚之痛
是如何藏在眼睛裡
他們不喜歡流暢的鸚鵡
重複的早晨。喜歡
誤讀自己的一生

槍火的音效是黎明

我第一次感到真實溺水
是壞人也喊著要有同樣的水平
在廣場在教科書，在神殿
他的義氣是一種健身運動
他有愛國的教練
肌肉是興奮的
像完美的小麥白和夕陽橙
畫布中還是個女演員
影子輕易將黑夜摺進口袋
槍火的音效是黎明

唯一的目擊者是時間
而時間躲在歷史的後面
你和我都要成為一張蒼白的臉
如果真理比骰子更抽象
我們還能和反派賭些什麼

低自尊的神

又死了一個人
一個瑩潔透白的瓷杯
很想端坐的影子。
曾經是誰的黑色大衣
曾經是誰的餘溫。然而神

像一隻花豹繞過蜥蜴和
貪食的牛蛙，在亂草之中
欣賞昨日羊脂
這就是祂。關於神的介紹

都來自我們的禱詞
除了野火不能預演
風向大致沒變
祂在自己的花園裡
睡著了。形似幾朵小花

V
金庸讀本

再也不能像小學生，將雲畫成固體，

這才是我們應該戒慎的江湖。

大俠是要節制的，像一首詩。

楊過

如果月光將夢打回原形
我們要猶豫，還是加速離開

人在不經意的時候
不知道愛是一封很長的遺書
幾次的死亡都想回到原地
靜默，然後放聲
很暴力的，穿越自己的呼吸
和鑄鐵的肉體

可能還有更多或者認識

活像一些尷尬的事
尷尬的父親有一張政治的臉
尷尬的姑姑讓世界小聲了一點
尷尬的郭芙終於有了存在感
而古墓很萌的行為
前去尋仇的句子冷不防
都要被鞦韆所傷。如果盪過去
就可以活著離開這個世界
沒有愛恨情仇，沒有風速
江湖只有兩個不動的影子
和一群平凡的蜜蜂
在我們故事有結果之前採蜜
或者我的詩
就是絕情谷底

玄鐵重劍

你是不是也和我一樣
有不曾交代的故事

那時，我與孤獨比慢
看黑夜如何跋山涉水抵達自己
那片不滯於物的薄光
在江湖，成為力拔山河的水墨
只是你看不見
以為是飛白

雖說，我也有草木竹石的往事
現在往事已經無力再
暗殺我一次。除非你也默默
愛我，在我們最鈍的時候

人到最後一刻對手
其實都是多餘的。何必爭論
像我贏了最愛我的人
卻也敗了此生
不能把自己的影子摺回來
和劍一起帶著離開

續集，你沒有出現

我在博物館看到一把劍
它很弱
需要防彈玻璃

其中一定有什麼誤會
比如
失去你

你是兒女情長
你畫馬尾在風塵逗點

你是
一封未拆的信
掉在七百年前市井
酒客無端打破的夕陽
變成小角度的
柔和光束，在櫥窗
展示
巨大的拆信刀啊

金庸讀本

那一年我們行走的方向
沒有路人
他們都為了甚麼或是
因為抒情而耗損了刀劍

我猜想隔壁班的任盈盈
你猜想古墓派和眷村後面
我們往江湖的方向
亂草割傷一地的黃昏
要俠義之前，十三歲

先學會了不傷人的單戀

我們往江湖的方向
風吹不到的秋天
有看不見的聲音
像殷素素的唇形
要俠義，三十歲
總是有不能說的困難

大叔看馬尾和論劍
所有武林祕笈都有暗喻
像他武功半廢
只為了好睡

為什麼不快天黑

寂寞要放在博物館
才終於吵雜

勝利很疲憊
像現在亢奮的樣子

一點點的傻
成就我們的殺意
更傻以後
俠客就自由了

你看月亮
這把凶刀如此華麗
雖然澈底
只有死了一個念頭

大師

大師把三角函數寫成銀河的一顆卵石
玻璃瓶是有愛的容器
——鬼神相視卻一無所懼的眼

他探討宇宙，回到借傘的那一天
發現每滴雨水
都是精密的小數點
再驗算一次，羽毛就飄太遠

你的筆尖細，他的霧更微小

太感性是傷痛的事
所以燭光滅了他還呼吸

不要以為大師的手和態度
都背在腰後面

白雲播快一點就到了晚年
大師看玻璃瓶和紅花同時飄浮
而你看見死亡在一瞬
像三角鋼與尺陳列的一生

師妹

師妹的唇是大漠的水
眼睛深邃，像一軸古老的地圖
但有個族人在這裡
斷了航線

俠義小說看到最後三回
才知道春風是反派、時間是反派
師父更像大反派
差別只在內功深厚的他
說謊，調息，溫潤像壁虎

可壁虎也有自己的心事
你以為還有一招未傳
其實沒有筆的硯台總在雪地
表演冷峻的聲勢

如果我們繼續讀下去
歐陽、慕容、令狐
或東方，複姓多一個音節
就能唱到天涯
天涯的旁邊是血海
是深深的仇，和一個不能吻的師妹

師妹冰清玉潔。如果可以愛
那會是被鮮血燃燒的雪。

這麼多恩怨情仇，誰是反派
愛與不愛都已經是最壞

黑玉斷續膏

在樹林這一幕
紋風和倦意被風鈴所破
夢中的鬼也突然俐落
那些不一致的
這天又起了作用
雖然溫柔顯弱
弱就要弱到無法自拔

你撿到秋風。我懂
落葉是有瑕疵的骰子

後來都輸給小雨點
像回不去的操場外圍
你更懂
她才是時間的骨節
時間斷了兩截
她是潘儀君或楊不悔
她是殷六俠的藥
給俠骨的
破碎和癒合

江湖

我們華麗的武俠
今天來到最政治的一回
不道德的花園，蝴蝶都是暗器
流星往後逃到沒有亮點
很意外的，是個人才都墜馬

那年綠林結黨的好漢
今天設了天下最大的鏢局
秋風踩破落葉，仇恨很科技
雖然好聽說成四季

換我，你說可不可以
他們就是要護送一本祕笈

各大門派議論門庭秋葉
丐幫捧著月光陳情抗議
還有掌門人，東窗用來射飛鴿
這個狠角色
總是寫純愛的書信給師妹

至於我們的教主
曖昧與閃躲
是因為不想致人於死
更多人是為了一口飯
各大門派像單飛的偶像團體

他呢？他的江湖是為了養出魚尾紋
雖然武林總是失去一個小師妹

刺客

要將極短篇的匕首
放在誰的胸中。你知道的
比心臟偏一點的地方
泥淖正大光明在那裡肥胖
雨一直下著
很黑的夜將自己說成墨水

有人殺官在酒家
一壺酒破頭灑。刺客沒有
刺客若無其事的哀傷裡

有鍛煉中的骨節
燃燒的冶火藏著雪

勇氣不能排演
比春風秋雨更宏大的企圖
開始於靜默。一個安靜的人
可以比死亡更安靜
比如我把時間收拾好
沒帶任何衣物
以百分百，致死的機率
先拋棄自己

然而我們都沒有動手
他踩破的影子，最深處
那完美的陷阱像詩學正義

VI

後來的努力

幸福有使用說明書嗎？

我們都不想成為小數點之後的單人結局。

但是有太多門窗，不是向明天發展。

幸福這件事

我看到一個被影子駁回的軀幹
緩慢轉頭
一株向日葵在輪椅上成為
最大的盆栽

他的腳無法體驗草和泥的距離
坐比痛更憔悴
一座橋就在前方成為河流
明天被今天溶解

他哀痛嗎。我想
幸福這件事
幸福有使用說明書嗎
（儲藏室的鐵皮玩具很舊
我記得它的光澤）
或像不明物的一張證明書
我們是皮製的
度量衡工具
用來描述自己的投影
告訴他，要堅強活著

「死亡有使用說明書嗎」
這是他的絕望

塗鴉

我和日出一起旅行
而皇后把你留下
禮物把你留下
不是你想過的那樣
雖然終於可以
讚美自己的房間
但肌肉變成別人的領土

我呢。我遇見森林
遇見夢

夢是一位哲學家
留宿我
住在你昨日的塗鴉裡
線條多麼像
我們談論過的流浪

手寫字

應該距離多遠
才符合猶豫的條件
如果能夠遇見自己
那是沿著筆跡找下去

有一些筆劃可能太早
太早拉起釣竿
可能是斜坡亂草
荒煙也醜醜的，醜到心情正好

每一行字都像伸手一握
久久不放的溫度呀
有玻璃瓶與三角函數的對話
也可以是
小數點之後的單人結局

窮人的禮物

父親喜歡鮮活的鰓
像在罐頭工廠
想像海的樣子
他希望世界都活了過來

天灰灰是銀
卡其色是黃金
草地是桌布
蟋蟀編織

他總是在小麥色的紙裡醒來
文字哄騙文字去睡
睡眠均衡了三餐
或者義憤保持胸肌

我問他，像信仰一樣問祂
那些未實現的。後來都成為
想像力

他是不合群的樹

你應該徬徨就像
找不到容器。你應該徬徨
一個人醒著必然也會有死去
很多沒做的事——
雖然已經很有權力
有石雕和酒液

可憐的，單獨一個人
鐵道也要向車站説謊

結局都有了
你只是編寫一些台詞
讓人好讀
而且
大部分的時光
都用來
修飾一個動詞

我比較喜歡他。有這樣一景
像是不合群的樹
能讚美自己的影子
和落葉一起變傻

後來的努力

可能和我一樣貧窮的
五十年前。故事出現好心的棋手
我們每一步都踏實
像重重的落日，放在對的位置
勤於打工，讀書
在一顆方糖表面感受骰子
而我寫下我要的數字
丟擲和跌倒是同一個姿勢
翻轉，想哭，也藏了許多事
好不容易走到你額頭的高度

風鈴草、很工業的彩霞
都經過那個年代
現在為了活著；有人
耳朵和眼睛都相繼離開
離開自己和回鄉的路
然後和大家玩一種大型的
規則一開始就錯誤的
逃脫遊戲
在光亮亮的密室
只有黑夜是鏡子最忠誠的情婦

如果你們對鏡

用色

①

我在繪圖軟體上找一個向量
這次，要畫的是風
結果我在第九個圖層
發現鳥擊，以及
痛的顏色

②

那麼愛是什麼顏色
你已經將灰灰的雲層刷淡

我看見一條航線
比睡眠更深
比抵達，更難

③

顏色是複選題
伐木工人和我也是
不然明天就只是明天
樹如何向斧頭追問
自己的絕望

碉堡

援軍在密道集結
手上僅有畫冊和吉他
武器比戰爭更斑駁。他們
唯一蔽體、可談論的價值
因為視線中斷——
所以你是一個人
像長夜又像影子
閒置為世界最大的污點
勇敢、負責，有一種
被孤獨否定的孤獨

被死亡否定的死亡

一部分友軍
日夜趕往
美酒與都邑。他們
始終投效貴族也聲援
銀河有最慷慨的金礦
現在放下鹽和鐵
驅趕銅像
再立一個鑄鐵

你是黑夜
而柴火
失去
可以偉大的對象

有光的人

在一個有陽光的地下室
壞掉的裁縫車
和一條沒有痛覺的白色線段
將時間留在結局的位置

像舊舊的紙鈔
所有的日子都是交錯
還好。只喜歡觀看水滴的人
不用是大河

或許他的童年也是悲傷的
和你一樣，有太多離去
太多門窗不是向明天發展
太多時候我們只是靜靜的鈍器

而他卻有了光。有光的人
無須自己有語言
也不怕暗室。他靠近誰
誰的影子就會吐實

形成

我相信摺過的紙飛機
已經越過山頭
我懷疑太平洋的浪
就是那些摺線

所以來到長濱
一次又一次面對的
會不會就是童年
以及她畫給彼此的換日線

這次的我，來歷不明
那些失去的第一人稱
又漸次成型

保持距離

你輕輕擦拭一條水蛭
那原來是舌的東西
口瘡，像懵懂的愛又像感冒

每個開始都會自行遺忘
一部分還沒開始
也就痊癒。像咳嗽藥水
能活下去就是輕症
喉結隱忍一個更龐大的句號
你把火山搬進汽水瓶
讓詩成為自己的註解
可那是一個女孩，你記得嗎
像美好的事都稱為女孩

我試圖去想起一些美好的
像很小的時候
我們把雲畫成固體

我們想像中的小獸
像那些錯綜複雜的巷子
巷口咬住一個背影
回到沐浴乳和花香的洞穴
牠不能多想，多想
自己就變成自己的獵物

不群

「鳥是什麼時候
開始飛的」
不是山崖林木探試我
是眼睛，眼睛想看自己
斷然無阻

一個人開始於窮鄉僻野
在那裡，水面不會讓陽光受傷
太舊的鬼
已經讓人不害怕

自己的影子自己點亮
沒有人是風的總和
想用肥皂來洗一朵烏雲
但洗手，可能更實際
更實際的是離開一些什麼

有人經過我
我沒有
讓他成為我們

後記

影子的燃點

時間應該是乾乾淨淨的
果醬刀，奶油。無一不是

回到一小片的土司
總有一天。也沒有土司
沒有比時間更豐饒的
所謂往後餘生
死後的時間應該更長更乾淨

那麼到底

有什麼是可以留下來的
我認為是愛吧。還有書

像我們從很小的時候
就把雲畫成固體。有一部分人
他寫詩

「書」是我愛人類的理由之一。我等待，有這麼一本詩集——它介於抽象和具象之間，重點不在抽象，也不在具象，是在「之間」。

「之間」是一種美學樣態，它召喚意義，但秘而不宣。在那裡，在那個必須留白的轉折處，我們在胸肋建立了聖地——剛開始像神秘組織或畸胎動物，必須自己在黑夜裡尋找影子的燃點，但後來的我們，哭到變成一場嘉年華，高舉雪茄。

我理解，為什麼要等自己那麼多年，卻被自己一再推遲。

能寫下的，太多。但是要留下的，是否足夠校對我的意志？我喜歡看「出手不俗」的作品，而同我一樣的讀者，應該也是這樣。至少，我預先設想了有這麼一群人（另一方面，也排除了其他）。

「我並沒有拔除聲帶，只是你不懂我的語言。」我是同「他」一樣的人。

「他」的語言是我長時間追尋的——在文字符號可表現

為一種形式上的審美功能時，此文字系統裡的「語法」又非傳統的「文法」，而是一種「手語」般的美學標記、句構、語氣腔調——它透過恰如其分的句型調度、可承受文字張力的「符號肌腱」（堅韌的結締組織）、語感語境，來營造一個美學階段的構句運動。透過文字的加力、音樂性的安排，一個華麗的轉身，語法結構上的破壞與重組，就連「斷裂」都必須是美好的姿態。只是這些文字經過長年累月的呼吸、行走，有些已經很自然的「被表現」為詩性自足的狀態，一種沒有技巧的技巧。

而我呢？我更希望不同的主題關照、不同的語境，有不同的語言。只是「我」和「他」經常同處一室，彼此誤讀。有時坐在自己的書房，前一刻都是抵抗。但是當我敲下第一個名詞、撫摸了他的影子，暴動的血肉才被馴服，然後才看見一些微物。雖然後來又發現一些跡證——例如雨衣是唯一的人形，這世界像廢棄物，信箱也是拋棄物，被投入更大的信箱，比如傷口。

我喜歡在課堂上，給寫作課的學員一個命題。我問他們，「如果沒有人看見冰塊在杯子溶化，冰塊存在過嗎？」或許，這就是「詩」，以及一切答案——在「存有」意義上的。

這些年我們改變了什麼，又有什麼沒有改變？時間畢竟，時間，畢竟。有時一生不夠，有時除了有意義的名字，其它都太長。

好評推薦

嚴忠政擅以靈活譬喻，在抒情主旋律中變奏，創造意趣，意趣又歧出意思，且揖讓、且競逐，層層遞進，懂得了就心喜了。他的意象腰勁柔韌，他的疑問游刃圜旋，他的辯證如黑岩對奕白浪。

銀溜的聲線行進，伴以鼓點，頻頻扣問「時間」，詩中埋伏許多「時光命題」。時光或生命，對他來說，節奏是緊迫的，尤其中年以後，前路有限，往事如煙，時間很快就會搶佔我們在世間的位子，而他試圖，以詩馴服時間。

在他筆下，歲月時而正派、時而反派；他目擊時間，亦被時間睞視；他往時間裡追去，也自時間裡趕返；然而，畢竟改變和動搖的是我們，不是時間。這許是宿命，既對抗不了，只能安住。

詩集中「金庸讀本」，在音色與思維對招之間，是倏然拔起的輕功。以武俠詩出手，或換喻人生，或譏刺江湖，或幽微自嘲，或隱含生之況味，甚至劍指創作，武俠世界一如詩藝的祕笈、愛的苦練。

——李進文．詩人

細讀《時間畢竟》，讓我看到這位「抒情巫師」，再次將他屬於詩歌的「鋼琴手」敲向極致。

讓他成為巫師的，不僅僅是語言的手勢或形式上的文字技巧，而是那些形神合一的東西。可以說，詩人他的內部世界是哲學的，並向多個維度試探時間的可能、意義的發聲。

延續《玫瑰的破綻》、《失敗者也愛——The Sea》，嚴忠政除了對「時間」提出更多「證詞」，這本詩集同樣充滿戲劇性的文字演出。當讀者企圖捕捉「在一定的時間內所發生的事」，無定向的「詩」便開始逃逸，但讀者又能在反顧自身的生命經驗之後，沉浸在那些漂浮的，充滿象形、指示的符號當中，最後得到屬於自己的閱讀反饋。然後像我一樣，狠狠指著詩集，說「這就是詩」，不能再多了，再多就破壞了它的飽滿自足。

對於在教育現場的我們而言，曾多次獲得大報文學獎的嚴忠政，中年之後的作品，其中的啟發，正如「一切不可測量之物」，沒有標準答案，但卻符合美感教育和創新思維，是一種避免「同質性」被低價消費的感性能力。

——蔡淇華．作家

每首詩作各有題材，各具手法，看似複眼繽紛，實則各自隱然指向一個方向，讓我們看到詩人的關懷與情性。特別是表現在「武俠詩」當中那些擊節叫好、收放自如的作品。旁人僅見嚴忠政的筆能舉重若輕，左右讀者之情感，我更看見這位詩中俠客，對「人」的態度。是他的日常，讓俠之所以為俠。而細膩的詩藝展現及對人世的熱誠，是這本詩集的兩大特點。

——陳政彥．評論家

附錄

發表索引

I 不在晴天練習

出走	二〇一六年十二月二日 聯合報副刊
半衰期	二〇二〇年六月 創世紀詩雜誌／中華民國筆會《台灣文譯》
給孩子馬口鐵和其它	二〇二一年九月 創世紀詩雜誌
Being	二〇二一年三月 創世紀詩雜誌
離散	二〇一八年七月九日 聯合報副刊
不在晴天練習	二〇二一年三月 創世紀詩雜誌
每天都回到現場	二〇一九年四月二十二日 中國時報—人間副刊
月亮明白	二〇二〇年十月一日 聯合報副刊
小丑	二〇一九年十二月 創世紀詩雜誌
一個安靜的人	二〇二一年六月 創世紀詩雜誌
和見面有關的練習	二〇一八年十二月 創世紀詩雜誌

畢竟　二〇二〇年九月　創世紀詩雜誌

II——鋼琴手

瓦爾帕萊索　二〇二〇年三月四日　聯合報副刊／二魚《貳零貳零　臺灣詩選》

冰塊是鍵盤　二〇二一年十一月八日　鏡文學—鏡好聽

例外　二〇一八年一月二十三日　聯合報副刊

鋼琴手　二〇一九年十一月二十九日　聯合報副刊

一致的　二〇一八年九月十八日　中國時報—人間副刊

這樣好　二〇一八年九月十日　聯合報副刊

那些可以的　二〇一七年八月二十一日　鏡文化

六角螺帽　二〇二〇年六月　創世紀詩雜誌

有一些情況　二〇一九年九月　創世紀詩雜誌

瑪格麗特　二〇一七年十一月二十日 人間福報副刊
回信　二〇一九年二月十八日 聯合報副刊
愛都是第二人稱

III 時間坐在我的位子

小屋　二〇二一年九月二十七日 鏡文學—鏡好聽
青銅錶　二〇二一年十二月 創世紀詩雜誌
微解封　二〇二一年七月二十九日 聯合報副刊
船副記得微笑　二〇一九年三月 創世紀詩雜誌／《鏡像：創世紀65年詩選》
領略　二〇二〇年三月 野薑花詩季刊
時間坐在我的位子　二〇一八年四月二十二日 聯合報副刊／二魚《二〇一八年臺灣詩選》
高鐵出口的兩個人　二〇一八年九月 創世紀詩雜誌

心電圖　二〇一八年十二月 野薑花詩季刊
鋼鐵人　二〇二〇年三月 野薑花詩季刊
鬼的重要　二〇一九年九月 創世紀詩雜誌
向死亡取悅　二〇一九年十二月 野薑花詩季刊
安靜縱橫　二〇二〇年三月二十七日 聯合報副刊

IV——動物失眠

蒙馬特的一堂寫作課　二〇一九年十二月 創世紀詩雜誌
猩猩可可　二〇一九年二月三日 自由時報副刊
狐狸的名字　二〇一九年七月二十五日 聯合報副刊
動物失眠　二〇二一年九月二十三日 中國時報—人間副刊
限定　二〇一八年十二月 野薑花詩季刊

白鯨　二〇一八年十二月 創世紀詩雜誌

所止　二〇一七年十二月 創世紀詩雜誌

無法投遞的街城　二〇一八年七月十九日 中國時報—人間副刊

我們裝飾的荒島　二〇一七年六月 野薑花詩季刊

詩和精神醫學　二〇二〇年十二月 創世紀詩雜誌

寫給他的退稿信　二〇一七年六月 創世紀詩雜誌

神秘組織　二〇一七年三月 台灣詩學—吹鼓吹詩論壇

槍火的音效是黎明

低自尊的神　二〇一七年九月 創世紀詩雜誌

V——金庸讀本

楊過　二〇一七年五月十九日 聯合報副刊

玄鐵重劍	二〇一七年六月	創世紀詩雜誌
續集，你沒有出現	二〇一九年六月	野薑花詩季刊
金庸讀本	二〇一八年十一月一日	聯合報副刊
為什麼不快天黑	二〇一九年六月	野薑花詩季刊
大師	二〇一八年三月	台灣詩學—吹鼓吹詩論壇
師妹	二〇一七年六月	創世紀詩雜誌
黑玉斷續膏	二〇一九年九月	創世紀詩雜誌
江湖	二〇一八年九月	野薑花詩季刊
刺客	二〇二一年十二月	創世紀詩雜誌

VI 後來的努力

幸福這件事	二〇二〇年十二月	創世紀詩雜誌

塗鴉	二〇一七年七月二十五日 聯合報副刊
手寫字	二〇一七年十二日 野薑花詩季刊
窮人的禮物	二〇二一年八月十七日 中華日報副刊
他是不合群的樹	
後來的努力	二〇一八年九月 台灣詩學—吹鼓吹詩論壇
用色	二〇一七年九月 野薑花詩季刊
碉堡	二〇一九年三月 台灣詩學—吹鼓吹詩論壇
有光的人	
形成	二〇一八年三月 創世紀詩雜誌
保持距離	
不群	二〇二一年九月二十八日 聯合報副刊

新人間叢書341

時間畢竟

作　者—嚴忠政
主　編—李筱婷
封面設計—海流設計
總　編　輯—胡金倫
董　事　長—趙政岷
出　版　者—時報文化出版企業股份有限公司
一〇八〇一九台北市和平西路三段二四〇號七樓
發行專線—（〇二）二三〇六—六八四二
讀者服務專線—〇八〇〇—二三一—七〇五
（〇二）二三〇四—七一〇三
讀者服務傳真—（〇二）二三〇四—六八五八
郵撥—一九三四四七二四時報文化出版公司
信箱—一〇八〇一九台北華江橋郵局第九九信箱
時報悅讀網—http://www.readingtimes.com.tw
時報出版臉書—http://www.facebook.com/readingtimes.fans
法律顧問—理律法律事務所　陳長文律師、李念祖律師
印刷—勁達印刷有限公司
初版一刷—二〇二二年一月七日
定價—新台幣二八〇元
（缺頁或破損的書，請寄回更換）

時報文化出版公司成立於一九七五年，
並於一九九九年股票上櫃公開發行，於二〇〇八年脫離中時集團非屬旺中，
以「尊重智慧與創意的文化事業」為信念。

時間畢竟 / 嚴忠政著. -- 初版. -- 臺北市 : 時報文化出版企業股份有限公司, 2022.1
192面 ; 14.8x21公分. -- (新人間叢書 ; 341)

ISBN 978-957-13-9804-4(平裝)

863.51　　110020647

ISBN 978-957-13-9804-4
Printed in Taiwan